利玉芳 著
Poemed by Li Yu-Fang

羅得彰 英譯
Translated by Mike Lo

簡瑞玲、裴紹武 西譯
Traducido por Chien Jui-ling,
Sergio Pérez Torres

天 拍 殕 仔 光 的 時

At Dawn
Al amanecer

利玉芳漢英西三語詩集
Mandarin–English–Spanish

台灣詩叢 • Taiwan Poetry Series 19

【總序】詩推台灣意象

叢書策劃／李魁賢

　　進入二十一世紀，台灣詩人更積極走向國際，個人竭盡所能，在詩人朋友熱烈參與支持下，策畫出席過印度、蒙古、古巴、智利、緬甸、孟加拉、尼加拉瓜、馬其頓、秘魯、突尼西亞、越南、希臘、羅馬尼亞、墨西哥等國舉辦的國際詩歌節，並編輯《台灣心聲》等多種詩選在各國發行，使台灣詩人心聲透過作品傳佈國際間。

　　多年來進行國際詩交流活動最困擾的問題，莫如臨時編輯帶往國外交流的選集，大都應急處理，不但時間緊迫，且選用作品難免會有不週。因此，興起策畫【台灣詩叢】雙語詩系的念頭。若台灣詩人平常就有雙語詩集出版，隨時可以應用，詩作交流與詩人交誼雙管齊下，更具實際成效，對台灣詩的國際交流活動，當更加順利。

　　以【台灣】為名，著眼點當然有鑑於台灣文學在國際間名目不彰，台灣詩人能夠有機會在國際努力開拓空間，非為個人建立知名度，而是為推展台灣意象的整體事功，期待開創台灣文學的長久景象，才能奠定寶貴的歷史意義，台灣文學終必在世界文壇上佔有地位。

　　實際經驗也明顯印證，台灣詩人參與國際詩交流活動，很受重視，帶出去的詩選集也深受歡迎，從近年外國詩人和出版社與本人合作編譯台灣詩選，甚至主動翻譯本人詩集在各國文學雜誌或詩刊發表，進而出版外譯詩集的情況，大為增多，即可充分證明。

　　承蒙秀威資訊科技公司一本支援詩集出版初衷，慨然接受【台灣詩叢】列入編輯計畫，對台灣詩的國際交流，提供推進力量，希望能有更多各種不同外語的雙語詩集出版，形成進軍國際的集結基地。

【推薦序】農村曲

海墘營文化藝術基金會董事長
下營國中退休校長
馮玉麟

「透早就出門，天色漸漸光，受苦無人問，……」一曲《農村曲》在台灣傳唱數十年，歌詞非常鄉土，敘述農村耕者的勞苦與辛酸，感動無數人。

台灣農民勤奮耕作，一大早就得出門幹活，台灣俗諺「三個透早共一工」，意思是說：「早起幹活三天，就多賺得了一天」。「一日之計在於晨」，鼓勵我們「黎明即起」；每天得和「日頭」（太陽）比賽，看誰起來得早。

「天拍殕仔光」就是拂曉、黎明之意。早起者沐浴晨光，欣賞太陽壯麗升起。看天空慢慢變亮，心情自然舒暢，早睡早起，每天都是精彩的開始。

利玉芳老師是我好友壽何兄夫人，在客家文學領域佔有一席之地，她的新詩作：「天拍殕仔光的時」捕捉清晨田園景色，即興描述，個人先睹為快並樂之為序。

目次

土坂小米收穫祭

來土坂部落
聆聽種子發芽的爆裂聲吧！

包頭目家的屋頂
飄揚著「小米收穫祭」的旗幟

太陽的兒子
鼻簫吹奏著歡聚歌
太陽的女兒
塗上紅唇迎接我們

祖靈屋前空酒瓶疊得高高
慶典的庭院擁擠又熱鬧
穿百步蛇圖騰的族人牽我們的手
圓圈繞唱豐收
小米、芋頭、地瓜和獵首牽我們的手
中央裝盛熟食的陶甕也起舞靈動

巫師的眼睛發亮
暫時卸下山神、河神、海神的力量
感念上帝的保佑
分享我們新釀的小米酒

頭目戴上頭目的頭目
傳承下來的獠牙冠冕
賜我們剛收成炊熟的紅藜米糕

戴羽冠的婦女送來「祈納福」和「阿拜」
裹著酸漿葉的小米粽令日子回味
感謝部落的朋友：「瑪利瑪利！瑪莎露！」

天拍殕仔光的時（台語）

天猶未拍殕仔光
我已經睏醒
坐佇眠床邊
挲面摸腳筋

天拍殕仔光的時
厝角鳥仔嘛吱吱喳喳
想欲掛喙罨

揀一條安全的路
跤踏車對舊厝騎到新厝
對蘭花園騎到柚子園
對春分踅到秋分

田園拋荒
覆佇墓仔埔的一群野狗猶未醒

雄雄影著一葩光
透早起狂吠

天拍殕仔光的時
鐵牛仔紡田stand-by
台南導演喝一聲action
聽講欲佮一个查某人攝影
伊是按怎攑筆做稿？
筆耕──到底是啥物款的學問？
收成敢愛袋布袋

毋甘（台語）

春天毋甘
斑芝花佇樹椏咧顫
透一陣怪風
土地毋甘
百合花受逼害摧殘

有思想的人家
加裝鐵窗
無血氣的殺人機器
如今沉淪何處？

毋甘奐均面容帶傷
猶原笑容安慰白髮序大

毋甘亮均亭均
司奶閣撒嬌的聲音
雄雄消失佇幸福的巷仔口

毋甘你正義的建言
哽佇嚨喉
毋甘你思念母親的目屎
未焦
毋甘你選擇　原諒　淡忘
一步一跤印唛過咱台灣

閣一擺問起阮相牛的查某囝今年幾歲？
：四十七矣！
：若按呢……林家雙生姊妹仔嘛四十七囉

出莊入莊（客語）

適學校行到榕樹伯公下
入莊
短短地50年代个距離
這條牛埔石頭路有倕童年个刻痕

牛車輾過
兵仔車演習駛過
三輪車風風光光載人客
悲哀个草鞋列隊行過
迎新逐魔个紙炮仔打過

出莊入莊
畫畫暗暗行過這條石頭路
堵著老長輩愛領禮

最痛苦个係
這條石頭路

行到平坦好勢好勢个時節
久久仔又坮加一層沙石
催著个懶尸鞋
行毋贏打赤腳走鏢个細阿哥仔

腳踏車又時常落鏈
踞到籬笆下整車仔
好在燈籠花恁靚　開一路下

卡拉瓦石屋的歌聲

卡拉瓦祖靈呀
我既承諾貴賓參訪你的石屋
你的腳步聲
何必蜷縮榕樹上
大大方方溜下彩虹來吧

媳婦我
今日要把祖靈精湛的藝術
榮耀給遠來的客人
他們都是現代詩人
有自信聽懂我祖靈的古歌

這間石屋
正是卡拉瓦祖靈你所建造的
你若已進入石屋
請取下斜刀
讓它得到歇息

我現在就要閉起眼睛
唱歌
睡在陶壺裡的精靈啊
倘若吵醒你們
請安靜片刻吧

倒下的神木刻成的雕像
你們也靜坐傾聽
土石流滾下山的頁岩石啊
如今是石桌石椅石床
你們使安靜的部落更安詳

從這間石屋出生的孩子們
一個個結婚了
又一個個誕生
卡拉瓦的祖靈正在觸摸我
安慰我擦拭我的淚水

正統

珍珠奶茶紅遍半邊天
潮流吸引日本飲料界
台灣珍奶強調1986年是正統
究竟源自台中春水堂？
還是台南翰林堂研發？

湄洲媽祖香火鼎盛
廟方欲爭正統
究竟先靠岸澎湖天后宮？
還是發跡土城鹿耳門聖母廟？

唱福爾摩莎！不分正統
喊台灣加油！沒有風波
用台灣正宗的掌聲挺正統

白襯衫（台語）

天光兮時
倒一寡洗衫粉
洗衫機展出伊的氣力
將臭汗酸的日子洗清氣

查埔人的衫領染著黃黃的92共識
閣加一粒洗衣球

白襯衫曝佇竹篙頂
清風吹來
兩隻長手椀
無魂無體憨憨仔旋
有時為著一個中國攤攤手
有時為著兩國論攪作伙

石頭

這些石頭
像剛出爐的麵包
塗上藍莓、奶油、巧克力

海也能烘焙千層蛋塔
灑幾顆葡萄乾和肉桂粉

石頭上刻畫著年輪
約有千萬年了
像巨大的漂流木
擱淺在海濱的故鄉

一隻雲豹努力地攀岩
緊緊抓住生命樹
深怕跌落懸崖
消失在海岸線

陰陽海過去
土地與海洋交會的地方
東北角沿岸的每一塊石頭
都是島嶼堅硬的肋骨
這裡不必再有威權的雕像

印加果棚下

1.

陽光添加煙燻味的早晨
印加果棚下天竺鼠還關在籠子裡
土灶裡的大骨湯冒出熱騰騰的鮮味
加了香菜酸醋和胡椒的麵條
蠻有故鄉飽足的滋味

2.

腳步跟著驢子糞便沿路上了山丘
童年故鄉的路上
堆堆牛糞人人搶著耙
高興地把燃料挑回家

3.

少年跳著迎賓街舞
整株玉米舉起來

搖晃著有頭有尾的甘蔗
歡樂地向觀眾潑水

魔術的舞步節奏慢慢地沉澱
釀出香氣的酒來
微醺的山城也陶醉了
忘記妳的名，瓦拉斯還是卡拉斯？

4.

晚會的氣溫冷冽
披戴土棕色羊駝大衣的耆老
排排圍坐成莊嚴的山城部落
來自各國的詩人穿著自由的顏色
西裝、外套、夾克塞進座位的縫隙裡

5.

來到3200公尺的聖地牙哥德丘科

人民多麼單純
還有什麼讓他們感到憂愁的嗎？
市場階梯上擺滿果實繽紛的顏色
草地上的羊駝偶然抬起雪亮的天空
馬驢的鈴鐺響亮地越過隊伍
小學中學大學生們正要步行到墓園去
然後朗誦巴耶霍的詩　他被稱頌的遺作

6.

好像舉辦慶典的樣子
繞城的團體延綿幾公里
小喇叭在前大喇叭在後
利馬的廣場上遇見八色鳥的羽毛
獅子的吼聲、酋長的鬃毛、巫師狒狒的面具
遇見了天性野馬般的我

地球村落

我們的鄰國日本
靜岡縣熱海鎮的土石流怎麼了？
高山滑落深谷

高雄六龜怎麼了？
柔軟的雨絲如劍
沖斷了橋樑

希臘的野火怎麼了？
焚燒雅典的神韻

遙遠的海地
總統被擊殺
村落又發生大地震

大水淹沒紐約的憂傷
淹沒地下街和上帝的愛

罪與罰共存
Covid-19病毒是地球村的鄰居
在善良人類的惡夢中不斷地變種

逆轉人生的喀布爾機場怎麼了？
地球人的腳步在混亂中拼了命地逃離故鄉
嬰兒選擇在一萬英呎的高空上誕生

放生

手掌有悲憫的紋路
瘦弱的食人魚
因而獲得生機
小湖有容納的雅量

自卑的食人魚
羨慕異族的漣漪
畫得比它大比它圓
也想替自己的漣漪
加上一點顏色

當整個內陸河川與湖泊
被染成一種腥紅的色彩
繁衍著一種罪惡的渦流
只生存一種魚的時候

被廉價的慈悲出賣的
手
夜夜守在湖泊
垂釣游失的尊嚴

阿塱壹古道行腳

電線桿上一支漆紅光陰的箭
由南田入口射向旭海
我起步阿塱壹
疑雲的腳程遂有了出口

森林不再吹原始的口哨
聽見風聲輕輕呼喊──阿塱壹
安朔溪幾乎遺忘了自己的名
遂也被我的腳步喚醒

雨季還在遙遠的南方海角
乾涸的塔瓦溪
像冬眠的大水蛇
蜷伏在台東和屏東的河界

我起步的阿塱壹古道
太平洋延綿的礫石灘

海浪不斷拍擊著恪守夢土的台灣

礫石灘訴說著美麗與醜陋
有說謊言而鼻子變長的石頭
有看不見心肝的黑石
有漁獲般豐富堆砌的石頭
有擱淺在歷史港灣的小帆船石
有被揀選又被丟棄的
多數的石頭主張自由的排列

我起步的殘跡古道
觀音鼻寧靜有時，甦醒有時
偶然一波長浪
牡丹鼻濕了又乾，乾了又濕
我掬一把海水吻別阿塱壹

疫苗外交

美國軍機BNT
載著小小的心意
飛越太平洋

日本載著兄弟情
AZ一架接著一架飛來

站在支援友誼的情分上
捷克載著疫苗的翅膀飛來

嚮往民主自由的同理心
立陶宛愛台灣

波蘭、斯洛伐克
向來對強權敏感
捐贈疫苗以台灣為名

別人對我好，可是，我的心啊！
總是替他們國家的安危感到擔憂
有安撫忌妒心的外交疫苗嗎？

秋天七草

高鐵穿越芒花的故鄉
曾文溪北的夕陽毛茸茸地

夏日開纍纍的假龍眼
秋實的木浪樹無患子

泡一壺靜思
蝶豆花茶伴秋月

野性的玫瑰
爛漫奢侈的愛

哪裡有公的牛頓叢仔呢？
草地上的寡婦
一株株翻找直立的小穗花

秋的悼念
無詩無語無花果
趙天儀夫人倒是送我一盆
有學名的白雪草

雞冠紅了
秋鬥也瘋了

飛蚊症

偶然出現在碧綠的視野
嗡嗡嗡地飛來飛去
昨天18隻
今天26隻
五天飛來150隻

揮之又來
文攻左眼　武嚇右眼
沙子般威脅我的雙眸
極不舒服

三兩天
列隊變形蟲的圖像
連結血絲侵入我的識別區
挑釁我的容忍

統一和平像飛蚊症
模糊的假象
干擾我視覺的認知
蒙蔽我明亮的眼球

海釣者

洗衣婦邊說著八卦
蠕動的胎兒
在母體內默默地吸吮著
白色恐怖的記憶和悲哀的養份

兒子年紀70歲
偶讀台灣海域生態
記憶的釣竿
垂釣　向下沉淪的海域

釣起　加工犯罪的紅磚頭
被綁架的麻布袋
失蹤的名片
釣起……
一尾反抗到底的鱸鰻

馬丘比丘的天窗

旅客來自世界各地
大家不輕易地放棄
探究世界遺址──馬丘比丘

我從太平洋彼端
台灣飛來
登記證蓋一個微笑

小型巴士蜿蜒山谷間
潺潺的流水冒出寒煙
鳥語迴盪在耳邊

貧瘠的山崖有人願意開墾
挖掘出來的石頭古古怪怪
人類的力氣從哪裡來？

太陽接近馬丘比丘
我在尋找高原上神蹟的影子

我的腳步
穿梭在峻峭的石頭巷

我輕巧地靠近你
絕不打擾你千年的寧靜
但我貪婪呼吸自由的空氣

羊駝悠閒地吃草
忍不住想抱一抱毛茸茸的春天

階梯狹窄又陡峭
印加先民的腳步卻是這麼踏實
一前一後追求帝國天堂

古靈蠢蠢靠過來
開啟我的磁場

妳，究是婢女還是公主？
引我進入燻黑的廚房
爐灶冰冷無火燼
餐桌無碗碟
澡盆置浴室中
化妝台有石鏡和發亮的天鏡

妳推開臥室
獨立的閨房不見床舖
卻有天窗
通向山神和星星的對話

妳的遊戲場沒有留下童年的玩具
卻有日晷

能轉動妳的黑眼睛
轉動山澗水道的秘密

石牆角落長出新世紀的小花
妳叫我觸摸千年古樹
一棵能治病的古樹
印加帝國畢竟已消失
感染了古病毒還是外星風暴的夜襲
我們無語……望著馬丘比丘的天窗

淡水詩歌四首

1.火燒臭油棧

十九世紀的淡水
殼牌倉庫提煉臭臭的煤油
路過的百姓叫它臭油棧

第二次世界大戰的臭油棧
遭遇美軍轟炸焚燒
淡水人叫它火燒臭油棧

臭臭的番仔油
點燃
電燈未普及的記憶

等候天黑的我
喜歡給廳堂、飯桌、浴堂點一盞燈火
煤油燈若無煤油

就邊舞邊跳穿過楊桃樹去雜貨店
買神奇的番仔油

2.埔頂少年

小小文化大使們
分組守候在校門口
高舉來賓的名字認領詩人

找不到名字的我
見樹蔭下有一組張望的小學生

對不起！我來晚了
請把捲筒紙攤開吧

喔！我在這裡
原來是先玩躲貓貓的遊戲

焦慮的埔頂少年笑了
恢復小小文化大使的活力
解說
設立淡水學堂的人物
年代和建築物名稱

少年說
這些題目一定會被問到
來賓若答對了有獎品

關係著這一組少年的榮譽
我的腦海裡
一時間填滿19、20世紀的數字
牢記馬偕時期的人名
記牢埔頂建築在淡水的歷史

3.這城

地球防疫中
國外詩人缺席了
感謝這城
淡水詩歌節掛著口罩進行
美好的女高音
讚頌這城
寂寞的名人

喜愛淡水的繁華和寧靜
詩與城相約
神卸下我的顫抖
騰出城的角落
傾聽我朗誦舊作〈火燒臭油棧〉
番仔油的光
又一次點燃我的貧窮與快樂

4.淡水念舊

憑依漁人碼頭
凝視歷史上渺渺的淡水
繁榮興衰如浪潮般湧入
行人雜沓的滬尾老街
我輕鬆的腳步踏在幸福的島嶼

觀音山依舊含情
默默地薰陶她的土地
安撫她的子民

優雅的夕陽放下身段
和詩人與會紅樓
香檳小酌
詩朗誦一首又一首

山城的貓
穿越迷宮似的巷弄
打開阮心內的門窗
貓矯健地躍過石牆仔內
跫音沾著桂花香

公園的溪水蜿蜒奔流
向野薑花的翅膀縈繞
田裡的筊白筍等待中秋來採摘
我種的茶樹幼苗是否長及腰間

雞蛋花若開
我就聽見
埔頂少年充滿活力的笑聲
雞蛋花若謝
我對馬偕博士的懷念更甚深秋

最後个藍布衫（客語）

日頭烈烈像燈光
滾滾个河壩抨大鼓
藍衫伯母
一步一步行上風中个舞台

白芒花沒试藍布衫
紙遮仔搖啊搖矣擎入莊肚

佢雙手合十拜伯公
祈求投生仔遽遽大
保庇其孫子愛聽人話
保護金門做兵个賴仔平平安安
保佑南洋戰場一直無歸个老公

褪色个藍衫袖寬寬鬆鬆
汗流流
目汁兩三行

愛的接觸史

案19a
神無接觸我心靈
跪下接觸土地
為島嶼台灣為家
貪求祈禱的術語
一再重複發自內心

案19b
夢接觸我的恐懼
愚笨的使力攔阻
隔離世紀大蟒蛇
武漢肺炎在匍匐衝撞
新冠肺炎病毒正蔓延
這一條狡猾的蟒蛇──coronavirus
很難記住的名字
COVID-19非常刁鑽
是頭號公敵吧！

案19c
日子偶數
多數人抱著備戰的心理
相隔一公尺排隊買口罩

奇數的子夜
深深愛著我的星星
防疫期間離我很遠很遠

案19d
晨光透明
把窗外欖仁樹的倒影
投射在玻璃書桌上
翠綠枝椏
一隻松鼠敏捷的跳躍
偶然接觸我的詩集

案19e
淡淡的三月
桃花心木林成熟的莢果
爆裂
碰觸我的身體
果不造謠
耳邊是真實的爆裂聲

案19f
大甲媽祖遶境
年度盛事解除了
土地公鬆了一口氣
廟公鬆了一口氣
信徒們鬆了一口氣
長龍的大街鬆了一口氣
上帝天主媽祖婆也喘一口大氣
祈願平安無事

案19g

啊！經濟大蕭條的時代地平線

快要接觸末日的夕陽了

我不抱著鴕鳥的心態

假裝聽不見世界的哀號

還能振興甚麼

吹哨者還沒有吹哨

海嘯的大浪

疑似在境外翻牆

案19x

國境封鎖

收到您寄來的電子郵件

粉紅知己無距離

我喜歡東京都板橋區的風景

三月石神井川汩汩地流

愛染橋的櫻花自由地開著

那是我寫過的地方

悄悄地告訴您
2019年5月我們又去了一趟秘魯
自由行住在熱水鎮
拜訪謎樣的馬丘比丘
提問古印加帝國為何絕跡
聽說人民被外星人抓走了
或者是感染了一場大瘟疫

地球才過完2020的新年
不幸感染武漢肺炎
病毒十分兇猛
我厭倦恐懼
厭倦擔憂
厭倦無情飆高的死亡數據

掛起口罩自閉不想講話
現在接觸鍵盤
思緒衝出被隔離的靈感
想問候親朋生活如何

疫情無詩
創作失業中
祝福健康平安
地球快快恢復運轉

綠隧光影

茂密有時稀疏有時
步道從我的家鄉開始畫一個圓弧
樹蔭延伸的長廊是我的瞳仁我的視窗

光華也許黑暗也許
母親的腳踏車偶然出現在黃昏的幻燈片
菜籃裡少不了香甜的紅豆餅

牛繩牽著父親的腳步用力用力蹶上河岸
臨暗的煙霧灰灰綠綠飄渺處有伙房的紅瓦屋
石牆角落蹲著一頭反芻稻穗浪漫的水牛

歸巢的野鴿翅膀為何還沾濕水珠
星星聞著夜來的香氣情不自禁閉上眼睛
捕捉月光的心跳因為日影已經跌落山丘

墨西哥詩歌四首

1.梅里達的詩歌與陽光

我們在棕梠屋的庭院享用午餐
果汁像酸酸甜甜的詩
陽光也小酌一杯白酒
微醺地趴在灰色的矮牆上

男士鼓起圓潤的臉頰
吹奏薩克斯風
眾詩人隨著韻律起舞

太陽開始熱情地扭動它的影子
一邊跳著台灣土風舞
一邊繞著芭蕉樹碩大的胴體

2.卡蘿的單音

那位長得像墨西哥已逝女畫家

芙烈達・卡蘿的女詩人
她的一隻手在意外中骨折
美麗的絲巾掩飾著她大半的傷口

啊啊啊……她的聲音十分沙啞
啊啊啊啊……沙啞的愛受傷過
她自信麥克風能貼近她的歌聲
她自信麥克風能對準她的單音
包容她的沙啞
包容她受傷的愛

幫卡蘿女詩人甩掉　骨折的疼痛
甩掉　寂寞的靈魂

3.飛翔下的地貌

離開民風熱情的瓜達拉哈拉
飛往墨西哥城市

途中從右翼下遙望
那座曾經噴發過的火山
黑黑的波波卡特佩特火山
阡陌一片寂寥
宇宙無聲
火山死了嗎？
燃點還活著嗎？

鳥瞰國境
人類的文明正在縮圖
排列整齊的地貌裡
我發現了一棵樹
像一棵巨大的仙人掌
又像一棵矗立的龍舌蘭
也許是一棵會吟唱詩歌的樹

樹的拼圖

延綿墨西哥城十幾公里
綠色大道流動著拉美季風

可是　國境邊陲　再過去　的邊陲
魔鬼用繁榮誘惑著軟弱的民心
牆　越築越高

4.沙龍照

攝影機前黑色的布景下
幾盞明亮的燈光
幾片飛揚的羽毛

攝影師想捕捉詩人的輕鬆和老練
我的臉　上了粉妝
睫毛一根根地刷過
忘記了牙疼而露出自信的微笑

沒有穿耳洞
紫色的幸運草小花
夾住兩朵肉肉的耳垂
想起昨日
美麗的墨西哥女服務生
耳邊搖晃著馬雅大流蘇

攝影師引導我捧起書
一本詩集
可以裝飾我秋實的胸脯

橄欖綠的長裙
單純無太多花樣
我喜悅這樣的穿搭

我的國家正在選舉
橄欖綠布匹長約百公尺

上面印著「保衛台灣光復城市」的圖騰

反對者以為逮到了重點
竟然說：「這是一塊遮羞布」

是一塊遮羞布嗎？

臭舌者

吃著美牛罵美豬
你是說我嗎？
指著進口豬問政角色
語言突然拙劣
臭舌口吃
講不通政治互利貿易的大道理

臭舌者
抱著為反我而反我
抓起豬內臟
大腸包小腸
豬脾豬胃豬心豬腰
丟向立院殿堂

臭舌者如我
戴著Made in Taiwan
口罩聞不到民主會議的腥臭

濛紗煙

雞未啼
後窗霧正濃
月亮還在蚊帳裡作夢
急性子的公公
喔喔喊……起床

天未亮
廚房已煙霧迷漫
本份的柴草情願被燃燒
朵朵星火爭先飛上天
想要變成星星

太陽露臉了
掀開包縛著田野的面紗
打赤腳的農婦
將濛濛的心事
踩入稻禾邊

聶魯達的左眼

買一只馬克杯帶回旅行的記憶
杯口印著聶魯達的左眼
清晨他老是看著我喝咖啡

想讀一讀他的詩作
例如一些智利野獸
彩虹頭飾的波紋
牠的舌像鏢槍
沒入翠綠中

例如野生羊駝
穿著金斑的靴
絨毛細膩得像空氣在雲層間升騰
而駱馬
在充滿露水的世界
敏銳中睜開坦然的大眼睛

聶魯達清晨的左眼想聽我說話吧
比如你的智利在太平洋以東
我的台灣在太平洋以西
隔著有盡頭的海洋
遙遠的距離
人類共同的苦難卻是一樣的

你喜歡美麗的女人
我喜歡半醒半醉的男人
你愛南方風景喧鬧的小樹
我也是
而我更愛纏繞族群活下去的河流

黑咖啡一口喝盡
親一親聶魯達你的左眼

寶島連儂牆

令人混亂哀愁的夏天
香港人民是如何度過的
牆
聯想民主自由的珍貴吧
聲援張貼非詩的語言
開放紙條發言的空間
貼放縱的觀點
貼世俗的情緒

自由的縫隙貼得越來越擁擠
人民還是抱著存活下去的希望

工商界罷工學校罷工銀行罷工
機場罷工連儂牆不罷工
Free Hong Kong不罷工
反送中不罷工
台灣支持你們

催淚彈不支持你們
藍色水砲車不支持你們

一支穿雲箭射向台北地下街
連儂牆不塗鴉
寫著隱密正直的聲音
貼滿紙條的牆
好像鬱悶的胸口貼上膏藥
自由的呼吸暫時得到釋放

小孩停下腳步
凝視便利貼五顏六色美麗的牆
母親聲援寶島：今日香港明日台灣

壩頂上的沉思

八田與一先生壩頂上席地而坐
托著腮幫子沉思工程的進度

載運砂石的火車開門見山
延伸大內鄉石仔瀨
思念與石川縣日本故鄉接軌

星光也習慣沉思的黑夜
憎恨民族情感的人如烈火
他們的牙齒像槍劍
他們的舌頭是快刀
闖入壩頂
揮劈冬天的來臨
拒絕櫻樹開花

鹽分之血（客語）

𠊎个體內
流等鹽分个血
戰後出世个細人仔
靠祖先个汗水
鹵一盎又一盎个醃瓜
防止歲月腐敗變味

消除窮苦苦澀个日仔
掖一把鹽
同𠊎心酸个記性
調味回甘

作者簡介

LI Yu-fang利玉芳（b.1952）

1952年生於屏東縣，《笠》詩社、《文學台灣》會員。

早期曾以「綠莎」筆名發表散文集：《心香瓣瓣》，現多以本名發表詩作。

詩集：《活的滋味》、《貓》中英日譯文詩集、《向日葵》、《淡飲洛神花茶的早晨》、《夢會轉彎》、《台灣詩人選集—利玉芳集》、《燈籠花》、《放生》、《島嶼的航行——漢英西三語詩集》、《利玉芳詩選——客家文學的珠玉4池上貞子日譯》。

兒童文學：《聽故事遊下營》、《壓不扁的玫瑰——楊逵》等。

榮獲1986年吳濁流文學獎、1993年陳秀喜詩獎、2016年榮後台灣詩獎、2017年客家傑出成就獎——語言、文史、文學類。

　　透過多語言與多文化的人生體驗，將旅行世界各地及參與國內淡水福爾摩沙國際詩歌節所見所聞之地景人文、人情世事，轉為詩的言語。語言運用跨越客語、河洛語及華語詩的元素寫作。

英文譯者簡介

　　1978年生於台灣，小學時期隨家人移民南非長達25年。獲得分子醫學博士後回來尋找他的台灣根性後，卻透過一連串的偶然巧合轉型為全職口筆譯者、教師和兼職詩人。現居淡水打拼創作中。

西文譯者簡介

簡瑞玲 Chien Jui-ling

　　生於島嶼之南，鍾愛文學。現為西文譯者、西文教師、台灣詩人，曾於福爾摩莎國際詩歌節擔任致詞口譯，並獲邀至秘魯利馬電台接受西語專訪。譯有詩集《島嶼的航行》、《保證》西譯版，與小說《倒風內海》西譯版，作品獲文化部補助。將持續透過外譯，讓世界捕獲島嶼的美麗。

裴紹武 Sergio Pérez Torres

　　於西班牙加那利群島出生。國立台灣師範大學台灣語文學博士生，逢甲大學和靜宜大學的兼任講師。除了研究和教學，也寫中文，英文，西文詩和短篇小說。在西班牙和台灣參加許多與社會，文化，和語言相關的研討會以及活動。他也是《倒風內海》（王家祥）西班牙文翻譯的校對者（2022）。

天拍殕仔光的時

At Dawn · Al amanecer

【英語篇】
At Dawn

Introduction: Country village song

Feng Yu-lin, Chairperson of HaiKinnIann Culture and Art
Foundation Retired principal of Xiaying Junior High School

"Out the door early in the morning, the sky gradually turns light,
no one asks about the agony......" The song "Country village song" has
been passed down in Taiwan for decades, the lyric is incredibly fitting
for the countryside, describing the hardships and pains of those who
tills the soil for a living in the countryside villages, and has moved
countless people.

The Taiwanese farmers are industrious in their work, leaving their
homes early in the morning to work. There is an old Taiwanese saying
that goes "three early mornings equal one day", which means if one get
up early to work for three days, you gained an extra day. The saying "the
best part of the day is the morning" encourages us to be "up at dawn";
every day is a race against the sun, to see who gets up earlier.

"At dawn" means daybreak, the crack of dawn. Those who wake
early bathe in the morning light, and enjoy the grandeur of the rising sun.

Watching the sky slowly turn bright, one's feelings also naturally unwind and relax. Early to bed and early to rise means everyday has a great start.

LI Yu-fang is the wife of my good friend Shouhe, and she has earned her place in Hakka literature. Her new poem: "At dawn" captures the scenes of the morning field, and I was fortunate enough to have been among the first to read the impromptu description, and is honored to have penned this introduction for this new poetry collection.

CONTENTS

Tjuabal Millet Harvest Festival

Come to Tjuabal Tribe

Listen to the popping sound of seeds germinating!

On the roof of the chieftain's home

Flutters the banner "Millet Harvest Festival"

The sons of the sun

Nose flute plays the joyous song of gathering

The daughters of the sun

Paint lips red to greet us

Empty wine bottles stacked high in front of the ancestors' spirit house

The festival's courtyard is crowded and lively

The tribesmen wearing the hundred-pace viper totem hold our hands

Circling and singing for a good harvest

Millet, taro, sweet potato and headhunter hold our hands

The earthen urns with cooked food in the center also start to move and dance

The witchdoctor's eyes shine

Temporarily put aside the power of the mountain god, river god, and
sea god
Grateful for the blessing of god
Share in our newly brewed millet wine
The chieftain puts on the chieftain of the chieftain's
Crown of fangs that is passed down
Give unto us the freshly harvested and cooked red quinoa rice cakes
Women wearing feather crests sends "cinavu" and "avay"
Millet rice dumplings wrapped in physalis leaves give the days an
aftertaste
Thanks to the friends in the tribe: "Mali Mali! Masalu!"

At Dawn (Taiwanese)

The day has yet to turn bright
I'm already awake
Sitting on the edge of the bed
Rubbing my face and stretching my legs

At dawn
The sparrows are busy chirping
Wanting to wear a mask

Picking a safe road
Riding a bicycle from the old house to the new
Riding from the orchid garden to the grapefruit orchard
Spinning from spring equinox to autumn equinox

The fields lie fallow
The pack of wild dogs lying by the graves are not fully awake

Suddenly see a bright light

Raucous barking in the early morning

At dawn

The tractor tilling standing-by

The Tainan director yells action

Apparently it is a documentary of a women

How is she doing farm work when holding a pen?

Pen harvest – what kind of knowledge is that really?

Does it need a sack to carry the harvest?

Reluctance (Taiwanese)

Spring is reluctant
Ceylon cotton flower shivering at the branch tip
A strange wind
The land is reluctant
Lilies are persecuted and devastated

People with thoughts
Adds iron grating to the window
The killing machines without blood or spirit
Where have they sunk to now?

Reluctance and injury on the face
Still has a smile to comfort the white-haired parents

Unable to let Liang-jun and Ting-jun go
The kawaii and aegyo voices
Suddenly disappeared at the entrance of happiness lane

Unable to let your advice of justice go

Stuck in the throat

Feeling sorry that you are missing tears of the mother

Which are not dry

Feeling sorry that you chose forgiveness and to forget

Every footstep and footprint kisses our Taiwan

I again ask my daughter who is an ox in the Chinese Zodiac: how old
are you this year?

Forty-seven now!

If so…the Lin twins would have been forty-seven now!

Out of the Village Into the Village (Hakka)

Walking from school to below uncle banyan tree

Into the village

The short distance of the 1950s

This Niupu stone road has traces of my childhood

The ox wagons roll over it

The military vehicles in drills drive over it

The glamor of the tricycles carrying the guests

Sad straw sandals walks past in a squad

The firecrackers to welcome the new and to repel monsters are set off

Out of the village into the village

Walking past this stone road whether in the morning or at night

Bowing when seeing the senior and elders

The most painful is

This stone road

When they are flat and smooth

Long time later another layer of sand and stone is added

The sack shoes I wear

Cannot beat the running and skipping barefoot boy

The bicycle chain often comes off

Feeling sad when kneeling by the palisade to fix it

Thankfully the beautiful Chinese hibiscus flowers are blooming all
along the way

The Singing Voice of the Karava Stone House

Ancestral spirits of Karava
Since I promised guest will visit your stone house
Your footsteps
Why curl up on a banyan tree
Graciously slide down the rainbow

Daughter-in-law I
Today will take the ancestral spirits' exquisite art
Glory offered to guests from afar
They are all modern poets
Confident that they understand the ancient songs of my ancestors

This stone house
Was built by you the Karava ancestral spirits
If you have entered the stone house
Please remove the knife
So that it can rest

I'm going to close my eyes now

Singing

The elves sleeping in the clay pots

If I wake you up

Please remain silent for a moment

Statues carved from fallen sacred trees

You also sit and listen

The shale rocks that come down the mountains in rockslides

Today are stone tables, stone chairs, stone beds

You make the quiet tribe more tranquil

The children born from this stone house

Married one by one

And are born one after another

Karava's ancestor spirit is touching me

Comforting me wiping my tears

Orthodox

Bubble milk tea is popular across the world
The trend has attracted the Japanese beverage industry
Taiwanese bubble milk tea emphasize 1986 is the orthodox
Did it come from Taichung's Chun Shui Tang?
Or was it researched and developed by Tainan's Hanlintang?

Meizhou Mazu is worshiped by many
The temple wants to fight for orthodoxy
Did it rely on the Penghu Tianhou Temple first?
Or did it come out of the Luerhmen Mazu Temple?

Sing Formosa! Regardless of orthodoxy
Yell go Taiwan! No controversy
Use authentic Taiwanese applause to support the orthodox

White Shirt (Taiwanese)

At dawn

Pour some washing powder

The washing machine showing its strength

Cleanse the smelly sweaty days

The man's collar has been stained yellow by the 92 consensus

add another laundry ball

White shirt hanging dry on the bamboo pole

A breeze come

Two long sleeves

Spinning dumbly without a soul without a body

Sometimes spreads its hands for one China

Sometimes tangled together for the two-state theory

Stones

These stones
Like bread fresh out the oven
Coated with blueberries, cream, chocolate

The sea can also bake egg tarts
Sprinkles a few raisins and cinnamon

The stone is carved with annual rings
About hundreds of millions of years
Like a huge driftwood
Stranded in the hometown by the sea

A cloud leopard is trying hard to climb the rock
Clinging tight to the tree of life
Afraid of falling off the cliff
Disappearing on the coastline

天拍殕仔光的時

At Dawn · Al amanecer

Past the sea of yin and yang

Where land and sea meet

Every stone along the northeastern point

Are the hard ribs of the island

No need for more authoritarian statues here

Under the Inca Fruit Canopy

1.

The sun adds a smoky taste to the morning

The guinea pigs are still in a cage under the Inca fruit canopy

A steamy and fresh smell rises from the big bone soup in the earthen stove

Noodles with coriander, vinegar and pepper

It's quite full of hometown's taste

2.

The footsteps followed the donkey feces along the road up the hill

The road to the childhood hometown

Everyone rushes to rake up the piles of cow dung

Happily taking the fuel home

3.

Teenagers doing the street dance to welcome guests

Lifting the entire corn plant up

Shaking sugar canes with its shoots and roots

Joyfully splashing water on the audience

The rhythm of the magical dance steps slowly settles

To nurture a fragrant wine

The slightly drunk mountain city is also intoxicated

Forgetting your name, Hualas or Callas?

4.

The temperature at the evening party is cold

Elders in earthy brown llama coats

Sitting in rows to form the majestic mountain city tribes

Poets from all over the world wear colors of liberty

Suits, coats, and jackets stuffed into the gaps in the seats

5.

Coming to Santiago de Chuco at 3200 meters
How simple the people are
Is there anything that makes them feel sad?
The market steps are full of fruits with multitude of colors
The alpaca on the grass occasionally lift the snowy sky
The bells of the horses and donkeys rings loudly crosses the team
Elementary, middle school and university students are about to walk
to the cemetery
Then recite Vallejo's poems, his praised posthumous works

6.

It looks like a celebration
The groups around the city stretch for several kilometers
The small trumpets are in the front and the big horns in the back
Meeting the feathers of eight-color birds in the square of Lima

The roar of the lion, the mane of the chief, the baboon mask of the witchdoctor
Met me whose nature is like a mustang

Global Village

Our neighbor Japan
What happened to the landslides in Atami Town, Shizuoka Prefecture?
Tall mountains sliding into the deep valleys

What happened to Liugui, Kaohsiung?
Soft strands of rain are like swords
Washing the bridge apart

What happened to the wildfires in Greece?
Incinerating the divine charm of Athens

Far away Haiti
The president was assassinated
And another big earthquake occurred in the villages

The sorrow of the flooded New York
Flooding the underground street and God's love

Sins and punishment coexist

The Covid-19 virus is the global village's neighbor

Constantly mutating in the nightmare of good humans

What happened to the Kabul Airport that turned life around?

The footsteps of earthlings fleeing their hometown desperately in chaos

The baby choose to be born at an altitude of 10,000 feet

Release

Compassionate lines on the palms

Thin piranhas

Thus have a chance at life

The small lake has the grace to be accommodating

Piranhas with inferiority complex

Envious of the ripples of the alien tribes

That are drawn bigger and rounder than theirs

I also want to add to my own ripples

A bit of color

When the entire inland rivers and lakes

Is dyed a scarlet color

Breeding a vortex of sin

When there is only one kind of fish

Betrayed by cheap merciful

hand

Guarding every night by the lake

Fishing for lost dignity

Walking on the A Lang Yi Ancient Trail

A bright red arrow of time on a telephone pole
Shoot towards the sunlit sea from the Nantian entrance
I start on A Lang Yi
Suspicious footsteps now have an exit

The forest no longer blows the primal whistle
Hearing the wind yelling softly - A Lang Yi
Anshuo River almost forgot her own name
Now has also been awakened by my footsteps

The rainy season is still at the far southern cape
The parched Makulikuli
Like a great hibernating water snake
Crouching in the river boundary between Taitung and Pingtung

The A Lang Yi ancient trail I started on
gravel beaches stretching along the Pacific Ocean

The waves keep hitting Taiwan that holds onto the dreamland

The gravel beach tells of beauty and ugliness

There are stones that told a lie and grew a long nose

There are black stones with no souls to be seen

There are stones piled up like a bountiful catch

There is a small sailing stone stranded in the historic harbor

Some are picked up and discarded

Most stones advocate free arrangement

The ruined ancient trails where I started

Guanyinbi is quiet sometimes, awakened sometimes

Occasionally a stretch of waves

The nose of the peony is wet and then dry, dry and then wet

I take a handful of sea water and kiss A Lang Yi goodbye

Vaccine Diplomacy

U.S. military aircraft BNT
Carrying a small thought from the heart
Flies over the pacific ocean

Japan carries brotherly feelings
AZ flying in on one plane after another

Based on the support of friendship
The Czech Republic's wings flies in carrying vaccines

Empathy for democracy and freedom
Lithuania loves Taiwan

Poland, Slovakia
Always sensitive to coercive power
Donated vaccines to the name of Taiwan

Others treat me well, but, my heart!

Always worried about the safety of their country

Is there a diplomatic vaccine to soothe jealousy?

Autumn's Seven Grasses

The high-speed rail travels through the hometown of miscanthus
flowers
The sunset north of Zengwen River is fluffy

Bushels of soapberries in summer
Autumn matured sapindus trees and their fruits

Make a pot of tea for contemplation
Butterfly pea tea accompany the autumn moon

Wild roses
Lavishing extravagant love

Where is the male goosegrass?
The widow on the grass
Rummaging through each individual upright spikelets

Autumn's tribute

Poetryless and speechless flowerless fig

Madam Chao Tien-yi gave me a pot of

Pilea with its own nomenclature

Cockscombs are red

The autumn brawling is crazy too

Floaters

Appearing by chance in the emerald field of vision
Flying around buzzing
18 yesterday
26 today
150 in five days

Wave it away and it comes again
Verbal assault on the left eye, physical attack on the right
Threatening both my eyes like sand
Extremely uncomfortable

Every two or three days
Images of amoebas lining up
Linking with bloody capillaries invading my identification zone
Provoking my tolerance

Peaceful unification is like floaters

Blurry illusion

Interfering with my visual cognition

Blinding my clear eyeballs

Sea Angler

The washerwoman was talking gossip
Wriggling fetus
Sucking silently in the mother's body on
The memory of white terror and the nourishment of sadness

The son is 70 years old
Occasionally reading the ecology of Taiwan's waters
The fishing rod of memory
Fishing in the sinking waters

Catches the red bricks of processed crime
The kidnapped burlap bags
The missing business card
Catches......
A perch resisting to the end

The Skylight of Machu Picchu

Passengers come from all over the world

People don't give up easily

Exploring the world heritage site-Machu Picchu

I'm from the other side of the Pacific

Flying from Taiwan

A smile on the registration card

A small bus meanders among valleys

The gurgling water emits cold smoke

The whispers of birds echo in the ears

There are people willing to cultivate the barren cliffs

The excavated stones are weird and strange

Where do the humans' strength come from?

The sun approaches Machu Picchu
I am looking for the shadow of the miracle on the plateau

My footsteps
Weave amongst the steep stone alley

I deftly come close to you
Will not ever disturb your thousand years of tranquility
But I greedily breathe the free air

Alpacas graze leisurely
Can't help but want to hug the furry spring

The stairs are narrow and steep
The footsteps of the Inca forbears were so steadfast
Pursuing imperial heaven one after another

Ancient spirits wriggle closer
Initiating my magnetic field

Are you a maid or a princess?
Lead me into the blackened kitchen
The stove is cold without embers
The table is without bowls and plates
The bathtub is in the bathroom
The dressing table has a stone mirror and a shiny sky mirror

You push open the bedroom
No bed is seen in the separate boudoir
Only the skylight
Leading to the dialogue between the mountain god and the stars

There are no childhood toys left in your playground
But there is a sundial

That can turn your black eyes

Turn the secret of the mountain streams

Small flowers of the new century grow at the corners of the stone
walls

You told me to touch the thousand-year-old tree

An old tree that can cure diseases

The Inca Empire has disappeared after all

Was it infected with an ancient virus or was it a night attack by an
alien storm?

We are speechless...... looking at the skylight of Machu Picchu

Four Tamsui Poems

1.The Burning of Chouyouzhan

The nineteenth century Tamsui
Shell warehouse extract the smelly kerosene
The commoners passing by called it Chouyouzhan

The Chouyouzhan of the Second World War
Was bombed by America forces and incinerated
Tamsui people called it the Burning of Chouyouzhan

The smelly kerosene
Ignited
The memory that electrical lights were yet to be popularized

The me waiting for the day to turn dark
Like to give the living room, dining table, the bathroom a light
Kerosene lamp if there isn't any

Then will dance and skip past the star fruit tree to go the grocer

To buy the miraculous kerosene

2.Puding Youths

The small cultural ambassadors

Waits at the school entrance in groups

Raised the name of the guest up high to adopt the poets

The me that do not see the name

See a group of elementary school student looking around in the

shade

Sorry! I'm late

Please unfurl the rolled up papers

O! I'm here

So we are playing hide and seek first

The anxious Puding youths laughed
The small cultural ambassadors' vitality returns
Explaining
Establishing the figures of Tamsui College
The years and the building names

The youths said
These questions will definitely get asked
There are prizes if the guest get them right

Linked to the glory of these youths
My mind
Is immediately filled with 19th, 20th century numbers
Memorizing the names of the McKay period
Commit to memory the history of Puding constructions in Tamsui

120

3.This City

In Earth's pandemic prevention
The foreign poets are absent
Thanks to this city
The Tamsui poetry festival is proceeding with the masks on
The beauteous soprano
Praises this city
The lonely famous people

Love the prosperity and calm of Tamsui
Poems and city promise to each other
Gods take away my shivering
Empty out a corner of the city
Listening to me recite an old work "The Burning of Chouyouzhan"
The light of the kerosene
Once again ignites my poverty and happiness

4.Reminiscing in Tamsui

Depending on Fisherman's Wharf
Gazing at the insignificant Tamsui in history
Prosperity rises and falls like waves and tides
Hobe old street crowded with pedestrians
My relaxed footsteps walks on the island of happiness

Guanyin Mountain is still affectionate
Silently nurturing her land
Comforting her people

Graceful sunset lowers herself
Meets with poets at the Red House
Sipping champagne
Poems recited one after another

Cat of the mountain city
Passes through the mazelike alleys
Open the doors and windows inside your heart
The cat leaps vigorously pass the stone wall
The sound is scented with the fragrance of osmanthus

The stream in the park meanders
Lingering on the wings of wild ginger flowers
The water bamboo shoots in the field are waiting for the Mid-
Autumn Festival to be picked
Has the tea tree seedling I planted reached waist height

If the plumeria blossoms
I hear
The energetic laughter of Puding teenagers
If the plumeria blooms fade
I miss Dr. McKay even more than the late autumn

The Last Blue Blouse (Hakka)

The blazing sun is like a light
The rolling river plays the drum
The blue blouse aunt
Walks onto the stage in the wind one step at a time

Chinese silver grass drowns the blue blouse
Paper umbrella swaying moving towards the village

She put her hand together to pray to Tudigong
Praying that the livestock will grow quickly
To protect her grandchildren who will listen to her
And guard the safety of the son conscripted to Jinmen
And prays for the husband in the South Sea battlefield who she has
no news of

The faded blue blouse is wide and loose
Sweat and tears cannot be distinguished from one another

Love's Contact History

Case 19a

Gods have not contacted my heart and soul

Kneel down to contact the land

For the island Taiwan for home

Greedily requesting for the jargons of prayer

Repeatedly comes from the heart

Case 19b

Dreams come into contact with my terror

Foolishly apply force to obstruct

Isolate python of the century

Wuhan virus is crawling crashing and colliding

Novel coronavirus is sprawling

This devious python - coronavirus

A hard to remember name

COVID-19 is very tricky

It is public enemy number one!

Case 19c

The day is an even number

Many people have the mentality of preparing for war

Interval of one meter lining up to buy masks

The night of an odd number

The stars that deeply love me

Are very very far away from me during the pandemic prevention times

Case 19d

The morning light is clear

Taking the upside down shadow of the olive tree outside the window

Projecting it onto the glass desk

Emerald branches

A squirrel agilely leaping

Comes into contact with my poetry collection by chance

Case 19e

The faint March

Mahogany forest ripe pods

Exploding

Touch my body

Not making tales up

Actual popping sounds by the ears

Case 19f

The Dajia Matsu pilgrimage

The annual celebration is cancelled

Tudigong breathes a sigh of relief

The temple supervisors breathe a sigh of relief

The followers breathe a sigh of relief

The streets full of people breathes a sigh of relief

God lord of heaven Matsu also breathe a sigh of relief

Praying that everything is all right

Case 19g

Ah! The horizon of the era of economic depression

Is about to come into contact with the setting sun of the end of days

I do not hold onto the ostrich mentality

Pretending not to hear the world's howl

What can really be revitalized

The whistleblower have yet to blow the whistle

The waves of the tsunami

Are suspected to have to vaulted the wall from outside the territory

Case 19x

Border lockdown

Received the e-mail you sent

No distance between confidants

I like the scenery of Itabashi-ku in Tokyo

Chisoku water gurgling in March

The cherry flowers of Aizome Bridge bloom freely

That is a place I wrote about

Quietly telling you
We went to Peru again in May 2019
Self-travel staying in Aguas Calientes
Visiting the mysterious Machu Picchu
Questions why the ancient Inca Empire went extinct
Apparently the people were taken by aliens
Or infected by a major pandemic

Earth has just past the 2020 new year
Unfortunately contracting the Wuhan virus
The virus is very vicious
I tire of the terror
Tire of the worry
Tire of the mortality data that is mercilessly soaring high

Put on masks autistic don't want to speak

Now touching the keyboard

Thoughts break out of the isolated inspiration

Asking after how friends and relatives are

Poemless pandemic

Creativity awaiting employment

Hope for health and safety

Earth to quickly recover and resume operation

Lights and Shadows of the Green Tunnel

Verdant sometimes sparse sometimes

The path starts to draw an arc from my hometown

The long corridor where the tree shade extends is my iris my window

Light maybe dark maybe

Mother's bicycle occasionally appears in the dusk slide

The grocery basket is never without the sweet red bean cake

The ox rope leads father's footsteps forcefully walk up the river bank

The smoky mist at dusk is grey and green the misty place has a red tiled house with a kitchen

A romantic buffalo ruminating rice ears kneels in the corner of the stone wall

Why do the wings of the wild pigeons returning to nest still have water drops

Stars smell the fragrance coming with the night close their eyes
unbidden
Heartbeats capturing moonlight have fallen to the hills because of
the sun's shadow

Four Mexican Poems

1.Merida's Poetry and Sunshine

We have lunch in the courtyard of the palm house
The fruit juice is like a sweet and sour poem
Sunshine is also drinking a glass of white wine
Slightly tipsy lying on the low grey wall

Man puffed up rounded cheeks
Playing the saxophone
The poets dance to the rhythm

The sun began to twist its shadow enthusiastically
While dancing Taiwanese folk dance
Circles the huge body of the banana tree

2.Kahlo's Monophony

The poetess who looks like the deceased

Mexican female painter Frida Kahlo

One of her hands fractured in an accident

The beautiful silk scarf conceals most of her injury

Ahhhh…her voice sounds hoarse

Ahhhhhhh…the hoarse love was hurt

She is confident the microphone can stick close to her singing

She is confident the microphone can be accurate to her monophony

To accommodate her hoarseness

To accommodate her hurt love

Help the poetess Kahlo get rid the pain of fracture

Get rid the lonely soul

3.The Landscape when Flying

Leaving Guadalajara where the folks are passionate

Fly to Mexico City

On the way looking into the distance from the right wing

The volcano that once erupted

The black Popocatépetl Volcano

The footpaths are quite and desolate

The universe is silent

Is the volcano dead?

Is the point of ignition still alive?

Bird's eye view of the country

Human civilization is reduced in size

In the neatly arranged landscape

I found a tree

Like a huge cactus

Also like a standing agave

Maybe it is a tree that can sing poetry

The puzzle of the trees

Extending tens of kilometers in Mexico City

The green avenue flows with the Latin American monsoon

But the country border more across the border

The devil tempts the weak hearts of the people with prosperity

The wall builds higher and higher

4.Salon Photo

Under the black background in front of the camera

A few bright lights

A few flying feathers

The photographer wants to capture the ease and sophistication of the poet

my face make-up has been applied

Brush the eyelashes one by one

Forget about the toothache and display a confident smile

No pierced ears
Purple clover florets
Clamped on two fleshy earlobes
Thinking of yesterday
The beautiful Mexican waitress
Whose large Mayan earrings swayed by the ears

The photographer guides me to hold up the book
A poetry collection
Can decorate my matured bosom

An olive green dress
Simply without too many patterns
I am happy to dress like this

My country is undergoing an election

The olive green cloth is about a hundred meters long

It is printed with the totem of "Defending Taiwan Recover the City"

Opponents thought they seized the key point

Actually said: "This is a fig leaf"

Is it a fig leaf?

Those Who Jabber

Eating American beef and scolding American pork

Are you talking about me?

Pointing at the imported pork and asking political figures

The language suddenly turns clumsy

Jabbering and stuttering

Unable to speak sense of the politics and mutually beneficial trade

Those who jabber

Hold onto protesting against me for the sake of protesting

Grabbing pig offal

Large intestines wrapping the small intestines

Pig spleen pig stomach pig heart pig kidney

Throwing at the hall of the legislature

Those who jabber is like me

Wearing the made in Taiwan

Masks cannot smell the stench of the democratic meeting

Misty and Blurry

The rooster has yet to crow

The rear window is thick with fog

The moon is still dreaming under the mosquito net

The impatient grandfather

Yells loudly···get up

The day has yet to turn bright

The kitchen is already filled with smoke

The obedient firewood is willing to be burned

Blossoming sparks vying to fly into the sky

Wanting to become stars

The sun shows its face

Lift the veil that binds the field

Barefoot peasant women

Takes their misty thoughts

Stomp them into the edge of the rice field

Neruda's Left Eye

Buys a mug to bring back the memories of travel

Neruda's left eye is printed on the mouth of the mug

He always looks at me drinking coffee early in the morning

Want to read his poetry works

For example, some Chilean beasts

The ripples of the rainbow headdress

Its tongue is like a javelin

Sinking into the emerald

Such as wild alpacas

Wearing gold-spotted boots

The fluff is as delicate as the air rising between the clouds

And llamas

In a world full of dew

Keenly open the big calm eyes

Neruda's left eye in the morning wants to listen to me speak

Like your Chile is east of the Pacific Ocean

My Taiwan is west of the Pacific Ocean

In between is an ocean with an end

The long distances

But mankind's common suffering is the same

You like beautiful women

I like men who are half awake and half drunk

You love the sceneries of the south bustling saplings

So do I

And I love the river that entangles the tribes to survive even more

Drink the black coffee in one gulp

Kiss Neruda on your left eye

Formosa Lennon Wall

A chaotic and depressing summer
How did the Hong Kong people get through
The wall
Think of the preciousness of democratic liberty
Speak up for putting up non-poetic languages
Open up the space for speaking on paper strips
Stick up the perspective of letting loose
Stick up the secular feelings

The gaps of freedom is getting more and more crowded with each
stick
The people still hold onto the hope of survival

The industrial and economic sectors on strike the schools on strike
the banks on strike
The airport on strike the Lennon wall is not on strike
Free Hong Kong is not on strike

天拍䆷仔光的時
At Dawn · Al amanecer

Anti-extradition to China is not on strike

Taiwan supports you

Tear gas does not support you

Blue water cannon trucks do not support you

An arrow piercing the clouds heads towards Taipei underground

streets

No vandalism on the Lennon wall

Written with hidden voices of justice

Wall stuck full of paper strips

Like ointment patches stuck to the depressed chest

The breath of freedom gets a temporary reprieve

The child stops in its tracks

Stares at the beautiful wall with colorful post-it notes

The mother voices her support for Formosa: today Hong Kong

tomorrow Taiwan

Contemplation atop the Dam Crest

Mister Hatta Yoichi sits on top of the dam crest
Holds the side of his face contemplating the progress of the work

The train carrying the gravel is open about it
Extending to Danei Village Shizilai
Wishes to connect with the Japanese hometown Ishikawa-ken

The starlight have also got used to the ruminating black night
People who hate racial feelings are like flames
Their teeth are like spears and swords
Their tongues are quick knives
Charging onto dam crest
Slashing at the coming of winter
Refusing the blossoming of cherry trees

The Blood of Salt (Hakka)

In my body

Flows the blood of salt

The child born after the war

Relies on the sweat of the ancestors

Marinades one urn of pickles after another

To prevent the time's decay and change to its taste

To remove the poor and bitter days

Splash a pinch of salt

To take my sour and bitter memories

And turn the flavor to a sweet aftertaste

About the Author

Born in 1952 in Pingtung County, and is a member of Li Poetry and Literary Taiwan.

Initially published the prose collection "petals of heart fragrance" under the pen name "Luisha", but now mostly publish poetry under her real name.

Her poetry collection includes: "The Taste of Living"; "Cats" (in Chinese, English and Japanese); "Sunflower"; "The Morning Sipping Hibiscus Tea"; "Dreams Can Turn Corners"; "Taiwanese Poet Collection - Li Yu-Fang"; "Chinese Lantern Flower"; "Release"; "The Voyage of Island" (in Chinese, English and Spanish); "Li Yu-Fang Poetry Collection - The Treasures of Hakka Literature 4" (in Chinese and Japanese) and others.

Children literature: "Listen to Stories and Tour Xiaying", "The Rose that Cannot be Squashed – Yang Kui" and others.

She has been a recipient of the Wu Chuo-Liu Literature Prize (1986); the

Chen Xiu-Xi Award Poetry Prize (1993); the Rong-hou Taiwan Poetry Prize (2016); and the Hakka Achievement of Excellence Prize–language, literary history and literature category (2017)

Through the use of multiple languages and multicultural life experience, she turns the places and people as well as the human and worldly relations she has seen and experienced through her travels around the world and the Formosa International Poetry Festivals in Tamsui into the language of poetry. Her compositions are based on language and elements thereof from Hakka, Taiwanese, and Mandarin Chinese.

Translator

Mike Lo

Mike Lo, born 1978 in Taiwan. He immigrated as a child to South Africa with his family where he resided for over 25 years and obtained a PhD in molecular medicine. After returning to Taiwan to find his Taiwaneseness, a series of serendipitous events turned his career path to a full-time interpreter/translator and a part-time poet. He currently resides in Tamsui, working at further sharpening his writing skills.

天拍䌈仔光的時
At Dawn · Al amanecer

【西語篇】
Al amanecer

天拍殕仔光的時
At Dawn · Al amanecer

Introducción para: Canción de pueblo

Feng Yu-lin
Presidente de la Fundación de Cultura y Arte HaiKinnIann
Director jubilado de la escuela secundaria Shiaying

"Al salir de la puerta por la mañana temprano, el cielo se vuelve gradualmente claro, nadie pregunta por la agonía......". La canción "Country Village Song" se ha transmitido en Taiwán durante décadas, la letra es increíblemente adecuada para el campo, describiendo las dificultades y el dolor de los que cultivan la tierra para ganarse la vida en los pueblos del campo, y ha conmovido a innumerables personas.

Los agricultores taiwaneses son laboriosos en su trabajo, y salen de sus casas por la mañana temprano para trabajar. Hay un viejo dicho taiwanés que dice "tres madrugones equivalen a un día", lo que significa que si uno madruga para trabajar durante tres días, gana un día más. El dicho "la mejor parte del día es la mañana" nos anima a estar "levantados al amanecer"; cada día es una carrera contra el sol, para ver quién se levanta antes.

"Al alba" significa el amanecer, la hora de la mañana. Los que se levantan temprano se bañan en la luz de la mañana y disfrutan de la grandeza del sol naciente. Al ver que el cielo se ilumina lentamente, los sentimientos también se relajan de forma natural. Acostarse temprano y levantarse temprano significa que todos los días tienen un gran comienzo.

LI Yu-fang es la esposa de mi buen amigo Shouhe, y se ha ganado su lugar en la literatura Hakka. Su nuevo poema: "Al amanecer" capta las escenas del campo matutino, y tuve la suerte de estar entre los primeros en leer la improvisada descripción, y es un honor haber escrito esta introducción para esta nueva colección de poesía.

CONTENIDO

Fiesta de la cosecha del mijo de Tjuabal

Ven a la Tribu Tjuabal,
escucha el sonido de las semillas germinando.

En el tejado de la casa del líder
ondea la bandera que indica "Fiesta de la cosecha del mijo".

Los hijos del sol
tocan con la flauta nasal la alegre canción de la recolección.
Las hijas del sol
se pintan los labios de rojo para saludarnos.

Las botellas de vino vacías se apilan delante de la casa de los espíritus
de los antepasados.
El patio del festival está abarrotado y animado.
Los miembros de la tribu que llevan el tótem de la víbora de las cien
caras nos cogen de la mano.

Formamos un círculo cantando por una buena cosecha;

el mijo, el taro, la batata y el cazador de cabezas nos dan la mano.

Las urnas de tierra con comida cocinada en el centro también

empiezan a moverse y a bailar.

Los ojos del brujo brillan,

deja de lado temporalmente el poder del dios de la montaña, del dios

del río y del dios del mar.

Agradecidos por la bendición de los dioses

compartimos nuestro vino de mijo recién elaborado.

El líder lleva la corona de colmillos que se transmite de líder a líder.

Otórganos los pasteles de arroz de quinoa roja recién cosechados y

cocidos.

Las mujeres con crestas de plumas envían "cinavu" y "avay".

Las albóndigas de arroz con mijo envueltas en hojas de uchuva brindan los recuerdos de esos días.

Gracias a los amigos de la tribu "¡Mali Mali! Masalu!"

Al amanecer (taiwanés)

El día aún no ha amanecido,
ya estoy despierta.
Sentada en el borde de la cama
frotándome la cara y estirando las piernas.

Al amanecer
los gorriones se afanan en piar,
queriendo llevar una mascarilla.

Escoger un camino seguro,
ir en bicicleta de la casa vieja a la nueva,
ir del jardín de orquídeas al huerto de pomelos,
girando desde el equinoccio de primavera al de otoño.

Los campos en barbecho,
la jauría de perros salvajes que yace junto a la tumba no está del todo
despierta.

De repente ven una luz brillante;
ladridos estridentes en la madrugada.

Al amanecer
el tractor labrando en espera.
El director de Tainan grita "acción".
Aparentemente es un documental de una mujer.
¿Cómo está haciendo el trabajo agrícola a la vez que sostiene una pluma?
Cosecha con bolígrafo - ¿qué clase de conocimiento es ese realmente?
¿Necesita un saco para llevar la cosecha?

Reticencia (taiwanés)

La primavera es reacia.

Flor de algodón de Ceilán temblando en la punta de la rama,

un viento extraño,

la tierra es reacia,

los lirios son perseguidos y devastados.

La gente con pensamientos

añade rejas de hierro a la ventana.

Las máquinas de matar sin sangre ni espíritu

¿Dónde se han hundido ahora?

La desgana y la herida en la cara de Huan-yun;

todavía tiene una sonrisa para consolar a los padres de pelo blanco.

Incapaz de dejar ir a Liang-jun y Ting-jun,

las voces kawaii y aegyo

de repente desaparecieron en la entrada del carril de la felicidad.

Incapaz de dejar ir tu consejo de justicia,

atascado en la garganta,

sintiendo que te faltan las lágrimas de la madre

que no se secan.

Sentir que eliges el perdón y el olvido,

cada pisada y huella besa nuestro Taiwán.

Vuelvo a preguntar a mi hija nacida en el año del buey en el zodiaco

chino: ¿cuántos años tienes este año?

¡Cuarenta y siete ahora!

Si es así...... ¡los gemelos Lin tendrían ahora cuarenta y siete!

Saliendo de la aldea hacia la aldea (hakka)

Caminando desde la escuela hasta debajo del árbol baniano del tío

dentro de la aldea.

La corta distancia de los años 50,

este camino de piedra de Niupu retiene rastros de mi infancia.

La carreta de bueyes rueda sobre él,

Los vehículos militares en los simulacros circulan por él.

El encanto del triciclo que lleva a los invitados,

las tristes sandalias de paja pasan en pelotón,

los petardos para dar la bienvenida a todo lo bueno y para repeler a

los monstruos se disparan.

Saliendo de la aldea hacia la aldea,

pasando por este camino de piedra ya sea por la mañana o por la noche,

Inclinándome al ver a los ancianos.

Lo más doloroso es

este camino de piedra

cuando se vuelve plano y liso.

Mucho tiempo después se añade otra capa de arena y piedra.

Los zapatos de saco que llevo

no pueden superar al niño que corre y salta descalzo.

La cadena de la bicicleta a menudo se sale;

me siento triste al arrodillarme junto a la empalizada para arreglarla.

Por suerte, las hermosas flores de hibisco chino florecen a lo largo

del camino.

La Voz Cantante de la Casa de Piedra de Karava

Espíritu ancestral de Karava,

desde que prometí visitar tu casa de piedra,

tus pasos.

¿Por qué te acurrucas en un árbol baniano?

Graciosamente te deslizas por el arco iris.

Yo, la nuera

hoy tomaré el arte exquisito de los espíritus ancestrales;

La gloria ofrecida a los invitados de lejos.

Son todos poetas modernos,

seguros de que entienden las antiguas canciones de mis antepasados.

Esta casa de piedra

fue construida por ustedes, los espíritus ancestrales de Karava.

Si has entrado en la casa de piedra

por favor, quita el cuchillo

para que pueda descansar.

Voy a cerrar los ojos ahora

cantando.

Los duendes que duermen en las ollas de barro;

si os despierto

por favor, permaneced en silencio por un momento.

Las estatuas talladas en los árboles sagrados caídos

también se sientan y escuchan.

Las rocas de pizarra que bajan de las montañas en desprendimientos

hoy son mesas de piedra, sillas de piedra, camas de piedra.

Hacéis que la tribu silenciosa sea más tranquila.

Los niños nacidos de esta casa de piedra

se casan uno a uno

y nacen uno tras otro.

El espíritu del ancestro de Karava me acaricia,

me consuela secando mis lágrimas.

Ortodoxo

El té de leche con burbujas es popular en todo el mundo.

La tendencia ha atraído a la industria de bebidas japonesa.

El té de leche con burbujas taiwanés concebido en 1986 es ortodoxo.

¿Vino de Chun Shui Tang en Taichung?

¿O fue investigado y desarrollado por Hanlintang en Tainan?

El templo de Mazu en Meizhou es adorado por muchos,

quiere luchar por la ortodoxia

¿Se basó primero en el Templo Tianhou en Penghu?

¿O surgió del Templo de Mazu en Luerhmen?

¡Canta Formosa! Sin importar la ortodoxia.

Grita ¡Vamos Taiwán! Sin controversia.

Utiliza el auténtico aplauso taiwanés para apoyar a los ortodoxos.

Camisa blanca (taiwanés)

Al amanecer
echa un poco de detergente.
La lavadora mostrando su fuerza
limpia los días de sudor maloliente.

El cuello del hombre se ha manchado de amarillo por el consenso
del 92;
añade otra bola de lavandería.

La camisa blanca colgada en seco en el palo de bambú;
una brisa se aproxima.
Dos mangas largas
girando tontamente sin alma, sin cuerpo.
A veces extiende sus manos para una China,
a veces se enredan por la teoría de los dos estados.

Piedras

Estas piedras
como pan recién salido del horno
recubiertas de arándanos, crema y chocolate.

El mar también puede hornear tartas de huevo,
espolvorea unas pasas y canela.

La piedra está tallada con anillos anuales
de cientos de millones de años.
Como una enorme madera a la deriva
varada en la ciudad natal junto al mar.

Un leopardo nublado se esfuerza por escalar la roca,
aferrándose al árbol de la vida,
temiendo caer por el acantilado
y desaparecer en la costa.

Más allá del mar del yin y el yang,

donde la tierra y el mar se encuentran;

cada piedra a lo largo de la punta noreste

son las duras costillas de la isla;

aquí no hacen falta más estatuas autoritarias

Bajo el dosel de frutas inca

1.

El sol añade un sabor ahumado a la mañana,

los conejillos de indias siguen en una jaula bajo el toldo de fruta inca.

Un olor vaporoso y fresco se eleva de la gran sopa de huesos en el

fogón de tierra;

fideos con cilantro, vinagre y pimienta.

Abundan los sabores de la ciudad natal.

2.

Los pasos siguieron las heces de burro a lo largo del camino hacia la

colina,

el camino a la ciudad natal de la infancia.

Todos se apresuran a rastrillar los montones de estiércol de vaca,

llevando felizmente el combustible a casa.

3.

Los adolescentes bailan en la calle para dar la bienvenida a los
invitados,
levantando toda la planta de maíz,
agitando cañas de azúcar con sus brotes y raíces,
salpicando alegremente de agua al público.

El ritmo de los pasos de la danza mágica se asienta lentamente
para alimentar un vino fragante.
La ciudad de la montaña, ligeramente ebria, también se embriaga,
olvidando tu nombre, ¿Hualas o Callas?

4.

La temperatura en la fiesta nocturna es fría,
los ancianos con abrigos de llama de color marrón terroso
sentados en filas para formar las majestuosas tribus de la ciudad de la

montaña.

Los poetas de todo el mundo visten colores de libertad;

trajes, abrigos y chaquetas metidos en los huecos de los asientos.

5.

Llegando a Santiago de Chuco a 3200 metros;

qué sencilla es la gente

¿Hay algo que les entristezca?

Las gradas del mercado están llenas de frutas con multitud de colores,

la alpaca sobre el pasto de vez en cuando vive el cielo nevado,

los cascabeles de los caballos y burros suenan con fuerza alcanzando

a todo el equipo.

Los estudiantes de primaria, secundaria y universidad están a punto

de ir al cementerio;

luego recitan los poemas de Vallejo, sus elogiadas obras póstumas.

6.

Parece una celebración;

el grupo alrededor de la ciudad se extiende por varios kilómetros.

El cuerno pequeño va delante y el grande detrás.

El encuentro de las plumas de los pájaros de ocho colores en la plaza
de Lima;

el rugido del león, la melena del jefe, la máscara de babuino del brujo.

Me encontré con la naturaleza de un mustang.

Aldea Global

Nuestro vecino Japón
¿Qué ocurrió con los desprendimientos de tierra en la ciudad de
Atami, en la prefectura de Shizuoka?
Altas montañas deslizándose hacia los profundos valles.

¿Qué pasó en Liugui, Kaohsiung?
Suaves hilos de lluvia son como espadas
deshaciendo el puente.

¿Qué pasó con los incendios forestales en Grecia?
Incinerando el divino encanto de Atenas.

El lejano Haití;
el presidente fue asesinado
y otro gran terremoto estremeció los pueblos.

El dolor de la Nueva York anegada,
inundando la calle subterránea y el amor de Dios.

Los pecados y el castigo coexisten;
el virus Covid-19 es el vecino de la aldea global,
mutando constantemente en la pesadilla de los humanos bondadosos.

¿Qué pasó con el aeropuerto de Kabul que dio un vuelco a la vida?
Los pasos de los terrícolas que huyen desesperados de su ciudad
natal en el caos.

El bebé elige nacer a 3.000 metros de altura.

Liberar

Líneas de compasión en las palmas,
pirañas delgadas;
así tienen una oportunidad en la vida.
El pequeño lago tiene la gracia de ser complaciente.

Pirañas con complejo de inferioridad
envidian las ondas de las tribus ajenas
que se dibujan más grandes y redondas que las suyas
Yo también quiero añadir a mis propias ondas
un poco de color.

Cuando todo el interior de los ríos y lagos
se tiñe de color escarlata,
criando un vórtice de pecado
cuando sólo hay una clase de peces.

La mano traicionada por la misericordia barata

vigilando cada noche junto al lago,

pescando la dignidad perdida

Caminando por el Camino Antiguo de A Lang Yi

Una flecha roja brillante del tiempo en un poste de teléfono
dispara hacia el mar iluminado por el sol desde la entrada de Nantian.
Comienzo en A Lang Yi;
los pasos sospechosos tienen ahora una salida.

El bosque ya no sopla el silbido primitivo
oyendo el viento gritar suavemente-A Lang Yi.
El río Anshuo casi ha olvidado su propio nombre
Y ahora también ha sido despertado por mis pasos.

La estación de las lluvias está todavía en el extremo sur del cabo.
El reseco Makulikuli
como una gran serpiente de agua hibernando
agazapado en el límite del río entre Taitung y Pingtung.

El antiguo sendero de A Lang Yi en el que empecé;
playas de grava que se extienden a lo largo del Océano Pacífico.

Las olas siguen golpeando Taiwán, que se aferra a la tierra de los sueños.

La playa de grava habla de la belleza y la fealdad.

Hay piedras que dijeron una mentira y les creció una nariz larga;

hay piedras negras que no tienen alma;

hay piedras amontonadas como una pesca abundante;

hay una pequeña piedra de navegación varada en el puerto histórico.

Algunas se recogen y se desechan;

la mayoría de las piedras abogan por la libre disposición.

Los antiguos senderos en ruinas donde empecé;

Guanyinbi está tranquila a veces, despierta a veces.

De vez en cuando, un tramo de olas.

La nariz de la peonía está húmeda y luego seca, seca y luego húmeda.

Tomo un puñado de agua de mar y me despido de A Lang Yi

Diplomacia de las vacunas

Avión militar estadounidense BNT
llevando un pequeño pensamiento desde el corazón
vuela sobre el océano pacífico.

Japón lleva sentimientos fraternales
AZ volando en un avión tras otro.

Basado en el apoyo de la amistad
las alas de la República Checa vuelan llevando vacunas.

La empatía por la democracia y la libertad,
Lituania ama a Taiwán.

Polonia, Eslovaquia
siempre sensibles al poder coercitivo,
donación de vacunas en nombre de Taiwán.

Otros me tratan bien, pero ¡mi corazón!

Siempre preocupados por la seguridad de su país

¿Existe una vacuna diplomática para calmar los celos?

Las siete hierbas del otoño

El tren de alta velocidad atraviesa la ciudad natal de las flores de
eulalia.
La puesta de sol al norte del río Zengwen es esponjosa.

Matorrales de longuián en verano,
los jaboncillos maduros en otoño y sus frutos.

Preparar una tetera para la contemplación,
El té de guisantes mariposa acompaña a la luna de otoño.

Rosas silvestres
lavando el amor extravagante.

¿Dónde está el amante del capín?
La viuda en la hierba
rebuscando en cada una de las espiguillas erguidas.

El luto del otoño;

higo sin poesía y sin discurso.

La señora de Chao Tien-yi me regaló una maceta de

pilea con su propia nomenclatura.

Las crestas de los gallos son rojas,

la pelea de otoño también es una locura.

Flotadores

Apareciendo por casualidad en el campo de visión esmeralda

volando por ahí zumbando;

18 ayer

26 hoy

150 en cinco días.

Los alejo con un gesto y vuelven a aparecer;

ataque verbal en el ojo izquierdo, ataque físico en el derecho.

Amenaza a mis dos ojos como la arena,

extremadamente incómodo.

Dos o tres de días,

imagen de la ameba alineándose,

enlazando con capilares sanguinolentos invadiendo mi zona de

identificación,

provocando mi tolerancia.

La unificación pacífica es como los flotadores;
Una ilusión borrosa
interfiriendo en mi cognición visual,
cegando mis claros globos oculares.

Pescador de mar

La lavandera cotilleaba.

El feto que se retuerce

chupando en silencio en el cuerpo de la madre,

el recuerdo del terror blanco y el alimento de la tristeza.

El hijo tiene 70 años,

leyendo de vez en cuando la ecología de las aguas de Taiwán.

La caña de pescar de la memoria

pescando en las aguas que se hunden.

Atrapa los ladrillos rojos del crimen procesado,

las bolsas de arpillera secuestradas,

la tarjeta de visita perdida

Atrapa......

Una perca que resiste hasta el final.

El tragaluz de Machu Picchu

Los viajeros provienen de todo el mundo;
la gente no se rinde fácilmente
explorando el sitio Patrimonio de la Humanidad-Machu Picchu.

Soy del otro lado del Pacífico,
volando desde Taiwán.
Una sonrisa en la tarjeta de registro.

Un pequeño autobús serpentea entre valles,
el gorgoteo del agua emite un humo frío,
el susurro de los pájaros resuena en los oídos.

Hay gente dispuesta a cultivar los áridos acantilados.
Las piedras excavadas son peculiares y extrañas.
¿De dónde viene la fuerza de los humanos?

El sol se acerca a Machu Picchu;
busco la sombra del milagro en la meseta.

Mis pasos
se entrelazan entre el empinado callejón de piedra.

Me acerco hábilmente,
no perturbaré nunca su tranquilidad de mil años,
pero respiro con avidez el aire libre.

Las alpacas pastan tranquilamente,
no puedo evitar querer abrazar la primavera lanuda.

Las escaleras son estrechas y empinadas,
los pasos de los antepasados incas eran tan firmes
persiguiendo el cielo imperial uno tras otro.

Los espíritus antiguos se retuercen más cerca
iniciando mi campo magnético.

¿Eres una doncella o una princesa?
Llévame a la cocina ennegrecida;
la estufa está fría sin brasas,
la mesa está sin cuencos ni platos,
la bañera está en el baño,
el tocador tiene un espejo de piedra y un espejo de cielo brillante.

Abres de un empujón el dormitorio;
no se ve ninguna cama en el tocador separado,
sólo el tragaluz
que conduce al diálogo entre el dios de la montaña y las estrellas.

No hay juguetes de la infancia en tu patio de recreo
pero hay un reloj de sol

que puede hacer girar tus ojos negros,

girar el secreto de los arroyos de la montaña.

Pequeñas flores del nuevo siglo crecen en las esquinas de los muros

de piedra.

Me dijiste que tocara el árbol milenario,

un viejo árbol que puede curar enfermedades.

El Imperio Inca ha desaparecido después de todo.

¿Está infectado por un antiguo virus o por el ataque nocturno de una

tormenta alienígena?

Nos quedamos sin palabras...... mirando el tragaluz de Machu Picchu.

Cuatro poemas de Tamsui

1.La quema de Chouyouzhan

El Tamsui del siglo XIX;
el almacén de conchas extrae el queroseno maloliente,
los plebeyos que pasaban por allí lo llamaban Chouyouzhan.

El Chouyouzhan de la Segunda Guerra Mundial
fue bombardeado por las fuerzas americanas e incinerado.
La gente de Tamsui lo llamó la quema de Chouyouzhan.

El queroseno maloliente
encendido.
El recuerdo de que la luz eléctrica aún no se había popularizado.

Yo esperando que el día se vuelva oscuro
para iluminar la sala de estar, la mesa del comedor, el baño.
Cuando la lámpara se queda sin queroseno

entonces bailará y saltará junto al árbol de la fruta de estrella para ir a
la tienda de comestibles
a comprar el queroseno milagroso.

2.Los jóvenes Puding

Los pequeños embajadores culturales
esperan a la entrada de la escuela en grupos.
Levantan el nombre del invitado en alto para atraer a los poetas.

Yo, que no encuentro mi nombre,
observo un grupo de estudiantes de la escuela primaria mirando a la
sombra.

Lo siento, llego tarde;
por favor, desplegad los papeles enrollados.

¡O! Ya estoy aquí.

Así que estamos jugando al escondite primero.

Los ansiosos jóvenes de Puding se rieron.

La vitalidad de los pequeños embajadores culturales regresa
explicando,

estableciendo las cifras del Colegio Tamsui,

los años y los nombres de los edificios.

Los jóvenes dijeron:

estas preguntas se harán definitivamente,

hay premios si los invitados las aciertan.

Vinculado a la gloria de estos jóvenes,

mi mente

se llena de inmediato con los números del siglo XIX, XX.

Memorizar los nombres de la época de McKay

compromete a la memoria la historia de las construcciones Puding
en Tamsui.

3.Esta ciudad

En la prevención de la pandemia de la Tierra
los poetas extranjeros están ausentes.
Gracias a esta ciudad
el festival de poesía de Tamsui se desarrolla con las mascarillas
puestas.
La bella soprano
alaba a esta ciudad,
los famosos solitarios.

Aman la prosperidad y la calma de Tamsui;
los poemas y la ciudad se prometen mutuamente.
Los dioses me quitan el escalofrío,
vacían un rincón de la ciudad

escuchándome recitar una vieja obra, "La quema de Chouyouzhan".
La luz del queroseno
vuelve a encender mi pobreza y felicidad.

4.Reminiscencia en Tamsui

Apoyada en el Muelle de los Pescadores
contemplando la insignificante Tamsui a través de la historia.
La prosperidad asciende y desciende como las olas y las mareas,
la vieja calle Hobe abarrotada de peatones,
mis pasos relajados caminan por la isla de la felicidad.

La montaña Guanyin sigue siendo cariñosa
cuidando silenciosamente su tierra,
consolando a su pueblo.

La graciosa puesta de sol baja
se reúne con los poetas en la Casa Roja

bebiendo champán;

poemas recitados uno tras otro.

El gato de la ciudad de la montaña

pasa por las callejuelas laberínticas,

abre las puertas y ventanas de tu corazón.

El gato saltó vigorosamente al pasar el muro de piedra;

el sonido está perfumado con la fragancia de la planta de té.

El arroyo del parque serpentea,

se demora en las alas de la flor de jengibre silvestre.

Los brotes de bambú de agua en el campo están esperando el Festival

de Medio Otoño para ser recogidos.

La planta de té que planté ha alcanzado la altura de la cintura.

Si la plumeria florece

oigo

la enérgica risa de los adolescentes de Puding.

Cuando las flores de la plumeria se desvanecen

echo de menos al Dr. McKay incluso más que al final del otoño.

La última blusa azul (hakka)

El sol ardiente es como una luz;
el río ondulante toca el tambor.
La tía de la blusa azul
camina hacia el escenario en el viento dando un paso a la vez.

La eulalia ahoga la blusa azul;
el paraguas de papel se balancea hacia el pueblo.

Ella juntó sus manos para rezar a Tudigong
rezando para que el ganado crezca rápidamente,
para proteger a sus nietos y que la escuchen.
Y que proteja la seguridad del hijo reclutado en Kinmen.
También reza por el marido en el campo de batalla del Mar del Sur
del que no tiene noticias.

La blusa azul descolorida es amplia y suelta;
el sudor y las lágrimas no se distinguen entre sí.

Historial de contactos de Love

Caso 19a

Dios no ha contactado con mi corazón y mi alma.

Me arrodillo para contactar con la tierra;

Para la isla Taiwán, para el hogar

pido con avidez las jergas de la oración;

repetidamente salen de mi corazón.

Caso 19b

El sueño entra en contacto con mi terror;

tontamente aplica fuerza para obstruir

y aislar la pitón del siglo.

El virus de Wuhan se arrastra chocando y colisionando;

el nuevo coronavirus se está extendiendo.

Esta pitón tortuosa - coronavirus

un nombre difícil de recordar;

COVID-19 es muy complicado,

es el enemigo público número uno.

Caso 19c

El día es número par,

mucha gente tiene la mentalidad de prepararse para la guerra;

intervalo de un metro haciendo cola para comprar mascarillas.

La noche del número impar,

las estrellas que me aman profundamente

están muy muy lejos de mí durante la prevención de la pandemia.

Caso 19d

La luz de la mañana es clara,

tomando la sombra invertida del olivo fuera de la ventana

proyectándola sobre el escritorio de cristal.

Ramas de color esmeralda;

una ardilla saltando ágilmente

entra en contacto con mi colección de poesía por casualidad.

Caso 19e

La débil marcha;

vainas maduras del bosque de caoba

explotando

acarician mi cuerpo;

no inventan cuentos.

Sonidos reales de estallidos por los oídos.

Caso 19f

La peregrinación de Dajia Matsu,

la celebración anual se cancela.

Tudigong respira aliviado,

los supervisores del templo respiran aliviados,

los seguidores respiran aliviados,

las calles llenas de gente respiran aliviadas,

la diosa señora del cielo Matsu también respira aliviada

rezando para que todo esté bien.

Caso 19g

El horizonte de la era de la depresión económica

está a punto de entrar en contacto con el sol poniente del fin de los

días.

No me aferro a la mentalidad de un avestruz

fingiendo no escuchar el aullido del mundo.

¿Qué queda realmente que se pueda revitalizar?

Los denunciantes aún no han dado el soplo.

Las olas del tsunami

se sospecha que tiene que saltar el muro desde fuera del territorio.

Caso 19x

Cierre de la frontera;

recibido el correo electrónico que envió.

No hay distancia entre los confidentes,

me gusta el paisaje de Itabashi-ku en Tokio.

El agua de Chisoku borbotea en marzo,

las flores de cerezo del puente Aizome florecen libremente.
Ese es un lugar sobre el que escribí.

En silencio te digo:
fuimos a Perú de nuevo en mayo de 2019.
Viaje solitario alojándonos en Aguas Calientes;
visitando el misterioso Machu Picchu.
Nos preguntamos por qué se extinguió el antiguo Imperio Inca;
al parecer el pueblo fue tomado por extraterrestres
o infectado por una gran pandemia.

La Tierra acaba de pasar el año nuevo 2020;
lamentablemente ha contraído el virus de Wuhan.
El virus es muy vicioso.
Estoy cansada del terror,
cansada de la preocupación,
cansada de los datos de mortalidad que se disparan sin piedad.

Al ponernos las máscarillas, autistas, no queremos hablar.

Ahora tocando el teclado

los pensamientos salen de la inspiración aislada

deseando preguntar cómo están los amigos y familiares.

Pandemia sin poemas,

creatividad en espera de empleo.

Esperanza de salud y seguridad;

Que La Tierra se recupere rápidamente y reanude la actividad.

Luces y sombras del túnel verde

Verde a veces escaso,
el camino comienza a dibujar un arco desde mi ciudad natal.
El largo pasillo donde se extiende la sombra de los árboles es mi iris,
mi ventana.

Claro quizá, oscuro quizá;
la bicicleta de mamá aparece de vez en cuando en el tobogán del
crepúsculo.
En la cesta de la compra nunca falta el dulce pastel de judías rojas.

La cuerda de buey condujo los pasos del padre con fuerza por la
orilla del río.
La niebla humeante al anochecer es gris y verde;
el lugar brumoso tiene una casa de azulejos rojos con una cocina.
Un romántico búfalo rumiando espigas de arroz se arrodilla en la
esquina del muro de piedra.

¿Por qué las alas de la paloma salvaje que regresa al nido todavía tienen gotas de agua?

Las estrellas huelen la fragancia que viene con la noche, cierran los ojos sin proponérselo.

Los latidos del corazón capturando la luz de la luna que ha caído a las colinas debido a la sombra del sol.

Cuatro poemas mexicanos

1.La poesía y el sol de Mérida

Almorzamos en el patio de la casa de las palmeras,
el zumo de frutas es como un poema agridulce.
El sol también está bebiendo un vaso de vino blanco
ligeramente achispado tumbado en el muro gris bajo.

El hombre hincha las mejillas redondeadas
tocando el saxofón;
los poetas bailan al ritmo.

El sol comenzó a girar su sombra con entusiasmo.
Mientras baila la danza folclórica taiwanesa
rodea el enorme cuerpo de la platanera.

2.La monofonía de Kahlo

La poetisa que se parece a la muerte,

la pintora mexicana Frida Kahlo.

Una de sus manos se fracturó en un accidente,

el hermoso pañuelo de seda oculta la mayor parte de su lesión.

Aaaah...... su voz suena ronca.

Aaaaaaah...... el amor ronco fue herido.

Ella confía en que el micrófono puede pegarse a su canto;

ella confía en que el micrófono puede ser exacto a su monofonía

para acomodar su ronquera

para acomodar su amor herido.

Ayuda a la poetisa Kahlo a deshacerse

del dolor de la fractura, deshacerse

del alma solitaria.

3.El paisaje al volar

Salir de Guadalajara donde la gente es apasionada,

volar a Ciudad de México.

En el camino mirando a lo lejos desde el ala derecha

el volcán que alguna vez hizo erupción,

el negro volcán Popocatépetl.

Los senderos son tranquilos y desolados,

el universo es silencioso.

¿Está muerto el volcán?

¿Sigue vivo el punto de ignición?

Vista de pájaro del país;

la civilización humana se reduce en tamaño.

En el paisaje ordenado

encontré un árbol

como un enorme cactus,

también como un agave de pie.

Tal vez sea un árbol que puede recitar poesía.

El rompecabezas del árbol
se extiende decenas de kilómetros en Ciudad de México;
la avenida verde fluye con el monzón latinoamericano.

Pero a lo lejos, más allá de la frontera del país
el diablo tienta al débil corazón del pueblo con la prosperidad.
El muro se construye cada vez más alto.

4.Foto de salón

Bajo el fondo negro frente a la cámara
unas cuantas luces brillantes,
unas cuantas plumas que vuelan.

El fotógrafo quería captar la soltura y la sofisticación del poeta;
el maquillaje de mi cara se ha aplicado.
Me cepillo las pestañas una a una,

olvido el dolor de muelas y muestro una sonrisa confiada.

No tengo las orejas perforadas.
Flores de trébol púrpura
Sujetadas en dos lóbulos carnosos
pensando en el ayer;
La hermosa camarera mexicana
cuyos grandes pendientes mayas se balancean por las orejas.

El fotógrafo me guía para sostener el libro,
una colección de poesía
puede decorar mi pecho maduro.

Un vestido verde oliva;
sencillo, sin demasiados estampados.
Estoy feliz de vestirme así.

Mi país está en elecciones;

la tela verde oliva tiene unos cien metros de largo;.

lleva impreso el tótem de "Defender Taiwán, recuperar la ciudad".

Los opositores pensaban que se habían hecho con el punto clave.

En realidad dijeron: "Esto es una hoja de parra"

¿Es una hoja de higuera?

Los que parlotean

Comiendo carne americana y regañando al cerdo americano

¿Están hablando de mí?

Señalando la carne de cerdo importada y preguntando a los políticos.

El lenguaje se vuelve de repente torpe;

balbucean y tartamudean

incapaces de hablar con sentido de la política y del comercio mutuamente

beneficioso.

Los que parlotean

se aferran a protestar contra mí por protestar,

agarrando despojos de cerdo.

El intestino grueso envolviendo el intestino delgado

Bazo, estómago, corazón y riñón de cerdo

lanzados por la sala de la legislatura.

Los que parlotean son como yo,

llevando el Made in Taiwan

las mascarillas no pueden oler el hedor de la reunión democrática.

Nublado y borroso

El gallo aún no ha cantado;
la ventana trasera está cubierta por la niebla,
la luna sigue soñando bajo la mosquitera.
El abuelo impaciente
grita con fuerza......levántate.

El día aún no ha amanecido,
la cocina ya está llena de humo.
La leña obediente está dispuesta a ser quemada;
Las chispas florecientes compiten por volar hacia el cielo
deseando convertirse en estrellas.

El sol muestra su rostro,
levanta el velo que ata el campo
La campesina descalza
toma sus pensamientos brumosos,
los pisa en el borde del campo de arroz.

El ojo izquierdo de Neruda

Compro una taza para traer recuerdos del viaje.
El ojo izquierdo de Neruda está impreso en la taza,
siempre me mira tomando café por la mañana temprano.

Quiero leer sus obras poéticas.
Por ejemplo, algunas bestias chilenas,
las ondas del tocado del arco iris;
su lengua es como una jabalina
que se hunde en la esmeralda.

Como alpacas salvajes
que llevan botas con manchas de oro,
la pelusa es tan delicada como el aire que se eleva entre las nubes.
Y las llamas
en un mundo lleno de rocío
abren con entusiasmo los grandes ojos tranquilos.

天拍殕仔光的時

At Dawn • Al amanecer

El ojo izquierdo de Neruda en la mañana quiere escucharme hablar.

Como tu Chile está al este del Océano Pacífico,

mi Taiwán está al oeste del Océano Pacífico.

En medio hay un océano con un final.

Las largas distancias,

pero el sufrimiento común de la humanidad es el mismo.

A ti te gustan las mujeres hermosas,

me gustan los hombres que están medio despiertos y medio

borrachos.

A ti te gustan los paisajes del sur bulliciosos,

a mí también.

Y yo amo el río que enreda a las tribus para sobrevivir aún más.

Bebe el café negro de un trago,

besa a Neruda en su ojo izquierdo.

Muro Lennon de Formosa

Un verano caótico y deprimente
¿cómo aguantaron los hongkoneses?
El muro
piensa en el valor de la libertad democrática.
Hablar para poner lenguas no poéticas;
abrir el espacio para hablar en tiras de papel;
poner en marcha la perspectiva de la libertad;
pegar los sentimientos seculares.

Los huecos de la libertad se van llenando con cada palo;
El pueblo aún se aferra a la esperanza de sobrevivir.

El sector industrial y económico en huelga, las escuelas en huelga,
los bancos en huelga,
el aeropuerto en huelga, el muro Lennon no está en huelga
Hong Kong libre no está en huelga,
la antiextradición a China no está en huelga;

Taiwán la apoya.

Los gases lacrimógenos no te apoyan,

los cañones de agua azules no te apoyan.

Una flecha que atraviesa las nubes se dirige a las calles subterráneas

de Taipéi.

No hay vandalismo en el muro de Lennon

escrito con la voz oculta de la justicia.

Muro lleno de tiras de papel pegadas

como parches de pomada pegados al pecho deprimido;

El aliento de la libertad obtiene un respiro temporal.

El niño se detiene en su camino;

mira fijamente la hermosa pared con notas pósit de colores.

La madre expresa su apoyo a Formosa: hoy Hong Kong, mañana

Taiwán.

Contemplación en la cima de la presa

El señor Hatta Yoichi se sienta en la cima de la cresta de la presa;
sujeta un lado de su cara contemplando el progreso de la obra.

El tren que transporta la grava está abierto sobre ella,
se extiende hasta el pueblo de Danei Shizilai;
Desea conectar con el pueblo natal japonés Ishikawa-ken.

La luz de las estrellas también está acostumbrada a la noche negra
rumiante.
Las personas que odian los sentimientos raciales son como las
llamas;
sus dientes son como lanzas y espadas,
sus lenguas son cuchillos rápidos.
Cargan sobre la cresta de la presa
cortando la llegada del invierno,
rechazando el florecimiento de los cerezos.

La sangre de sal (hakka)

En mi cuerpo
fluye la sangre de sal.
El niño nacido después de la guerra
confía en el sudor de los antepasados;
marea una urna de encurtidos tras otra
para evitar que el tiempo decaiga y cambie su sabor.

Para eliminar los días pobres y amargos
salpica una pizca de sal,
para tomar mis recuerdos agrios y amargos
y convertir el sabor en un regusto dulce.

Poestisa

Nació en 1952 en el condado de Pingtung, y es miembro de Li Poetry and Literary Taiwan.

En sus inicios publicó la colección de prosa "Pétalos de fragancia de corazón" bajo el seudónimo "Luisha", pero ahora publica sobre todo poesía con su nombre real.

Su colección de poesía incluye: "El sabor de la vida"; "Gatos" (en chino, inglés y japonés); "Girasol"; "La mañana sorbiendo té de hibisco"; "Los sueños pueden doblar las esquinas"; "Colección de poetas taiwaneses - Li Yu-Fang"; "Flor de linterna china"; "Liberación"; "El viaje de la isla" (en mandarín, inglés y español); "Colección de poesía Li Yu-Fang - Los tesoros de la literatura hakka 4" (en mandarín y japonés) y otros.

También ha publicado obras de la literatura infantil: "Escucha los cuentos y recorre Xiaying", "La rosa que no se puede aplastar - Yang Kui" y otros.

Ha recibido el Premio de Literatura Wu Chuo-Liu (1986); el Premio de Poesía Chen Xiu-Xi (1993); el Premio de Poesía Rong-hou Taiwán (2016); y el Premio a la Excelencia Hakka - categoría de lengua, historia literaria y literatura (2017).

Mediante el uso de múltiples idiomas y la experiencia vital multicultural, convierte en lenguaje poético los lugares y las personas, así como las relaciones humanas y mundanas que ha visto y experimentado a través de sus viajes por el mundo y los Festivales Internacionales de Poesía de Formosa en Tamsui. Sus composiciones se basan en el lenguaje y los elementos de éste, tanto del chino hakka, taiwanés y mandarín.

Traductores

Chien Jui-Ling (Taiwán)

Chien Jui-ling, alias Nuria Chien, traductora, profesora y poeta, nació en el sur de Taiwán y siempre se ha mostrado fascinada por la literatura. Fue intérprete en el Festival Internacional de Poesía de Formosa y fue invitada para una entrevista en la radio peruana de Lima "El Ombligo de Adán". Ha traducido al español los poemarios "La Travesía de la Isla" y "Promesa" y la novela "Daofong: El mar interior". El Ministerio de Cultura subvenciona sus obras. A través de la traducción, seguirá esforzándose para que el mundo capture la belleza de Taiwán.

Sergio Pérez Torres, nacido en las Islas Canarias (España), es doctorando en idiomas, cultura y literatura de Taiwán en la National Taiwan Normal University. Compagina su investigación con la docencia de español en las universidades Feng Chia y Providence (Taichung). Aparte de la actividad académica y profesional, escribe poesía y relatos cortos en español, inglés y chino mandarín.

Ha intervenido en numerosos eventos y seminarios sobre sociedad, cultura e idiomas en universidades de España y Taiwán. Participó como revisor de la traducción al español de la obra "Daofong: El Mar Interior" (2022) del autor taiwanés Wang Chia-Hsiang.

語言文學類　PG2768　台灣詩叢19

天拍殕仔光的時
At Dawn · Al amanecer
——利玉芳漢英西三語詩集

作　　　者 / 利玉芳（Li Yu-Fang）
英語譯者 / 羅得彰（Mike Lo）
西語譯者 / 簡瑞玲、裴紹武（Chien Jui-ling, Sergio Pérez Torres）
叢書策劃 / 李魁賢（Lee Kuei-shien）
責任編輯 / 楊岱晴
圖文排版 / 黃莉珊
封面設計 / 王嵩賀

發 行 人 / 宋政坤
法律顧問 / 毛國樑　律師
出版發行 / 秀威資訊科技股份有限公司
　　　　　114台北市內湖區瑞光路76巷65號1樓
　　　　　電話：+886-2-2796-3638　傳真：+886-2-2796-1377
　　　　　http://www.showwe.com.tw
劃撥帳號 / 19563868　戶名：秀威資訊科技股份有限公司
　　　　　讀者服務信箱：service@showwe.com.tw
展售門市 / 國家書店（松江門市）
　　　　　104台北市中山區松江路209號1樓
　　　　　電話：+886-2-2518-0207　傳真：+886-2-2518-0778
網路訂購 / 秀威網路書店：https://store.showwe.tw
　　　　　國家網路書店：https://www.govbooks.com.tw

2022年9月　BOD一版
定價：300元
版權所有　翻印必究
本書如有缺頁、破損或裝訂錯誤，請寄回更換

讀者回函卡

國家圖書館出版品預行編目

天拍殕仔光的時 ：利玉芳漢英西三語詩集 ＝
At dawn. Al amanecer / 利玉芳著 ；羅得彰
(Mike Lo) 英譯 ；簡瑞玲 , 裴紹武 (Sergio Pérez
Torres) 西譯 . -- 一版 . -- 臺北市：秀威資訊科
技股份有限公司, 2022.09
　　面 ；　公分
BOD版
中英西對照
ISBN 978-626-7187-03-6 (平裝)

863.51　　　　　　　　　　111012874